まえがき

平成三十年（二〇一八年）八月七日、本多勉は亡くなった。

本多勉は筆者の父であり、筆者の私は勉の長女である。

大正十三年（一九二四年）生まれの勉は、昭和四十五年（一九七〇のとき、ソ連館にてロシア語でトイレを探していた。それを聞いて、フが大変驚いたという。

そんな父の波乱の人生を、娘の私がじっくり思い起こしてみようと

もくじ

1　今に見ていろ、僕だって

勉の幼い頃、一家は貧乏で貧乏で、物心ついたときには父親は他界しており、兄に養ってもらっていた。母親も兄に気兼ねして、あまり口出しもできず、自分の内職したわずかな金を兄に食い扶持として渡していたという。

育ち盛りだった勉は小さい頃、何もわからないから遠慮なんてしないで飯はもりもり食べ、何もしないで遊びほうけていると、いつも兄に、

「誰のおかげで飯が食えると思っているんだ。」

と言われて育ってきた。

そんなわけだから、もちろん、五、六歳の頃からできる手伝いはしなければならなかった。

その頃からだった。勉が心に誓って念仏のように唱えるようになったのは……。

今に見ていろ、僕だって
必ず兄を見返して
いっぱい、飯を食べるんだ
やりたいこともがまんせず
のびのび、堂々とできるよう
頑張り、努力し、達成す

辛かったり、苦しいときは必ず、この言葉を唱えたらしい。

「俺がな、多くの困難を乗り越えられたのは、小さいとき、この悔しい体験があったからかもしれん。」

と父は、よくつぶやいていた。

真夏の八月、交通事故で九十四歳の父が亡くなった。前向きで元気だった父にささげる句。

八月や　新たな父の誕生日

2　事故

八月七日の暑い日のことだった。私は何を考えるでもなく、（休めるときに休養をとっておこう。学校が始まればまた、息をするのも忘れるくらい忙しいから）と思い、休暇をもらった。ふと、実家に寄ろうと思い立ち、足を延ばした。実家に着くと、なぜか、門の前に母が立っていたので、

「どうしたの。」

と聞くと、

「今、警察から電話があって、『拾石辺りで事故があった。自転車に名前が書いてあったが、本人かどうか確認したいから、今から病院に行ってほしい。』という知らせだった。」

と言う。

どんな状況か全く知らされていなかったから、たいしたことだとは思わなかった。

とにかく病院へ向かった。

救急車はすでに到着し集中治療室に運ばれた、と言われた。看護師さんがきて、

「おいくつのかたですか。」と聞いた。

「九十四歳です。」と言うと、

「じゃあ、違うかなあ。七十代くらいだから……。」と言われた。

とにかく、本人かどうか確かめるために集中治療室に急いだ。
・・・・
「父だ。……。」

絶句した。息が止まりそうだった。……残念ながら間違いなかった。

目をつむり、管につながれている。触ってみたが反応がない。一生懸命、何度も何度も呼んだが返事はなかった。医師に説明を受けた。脳内の状態がパソコンに映し出された。頭蓋骨の一部が割れてそこから血液がもれているという。しかも、その割れたところは治せないと……。

もう、どうすることもできなかった。

そのまま、最期に言葉をかわすこともなく、……亡くなった。

父の葬儀は、工場を閉め引退していたこともあり、家族葬でそっと、と思っていたが、事故であったため、テレビや新聞で報道されていたので、随分賑やかで華やかな通夜となった。父を慕ってくれている人がこんなにもいたのか、と思った。葬儀社にもたくさん、問い合わせがあったと聞いた。

亡くなって通夜をする前に、湯灌を行なった。風呂好きの父だったから葬式の前に身ぎれいにしてあげたかった。事故に遭ったときは草刈りの帰り道だったから、それこそ汗まみれ。汗を落とし、さっぱりさせてあげたかった。

とても丁寧に身ぎれいにしてくれた。顔も頭も、きれいにしてくれた。髭もそってくれた。私と弟はこの式に立ち会った。

洗い終えて、衣装を調え、係の方に声をかけられた。父と対面した。瞬間、弟と二人、同時に顔を見合わせた。

「あれ、おじいちゃん（孫がいたので孫目線で、私たちにとっては親なのだが、こう呼んでいた）すごく血色がよくなったよねえ。」

弟も、同感と言うようにうなずいた。

とても亡くなったとは思えなかった。今にも目を開いて、

「なんだ、二人そろって。どうしただ。」とでも言いそうな顔だった。

通夜の日は孫の健一郎が一晩付き添ってくれていた。ありがたかった。

葬儀を終え、火葬場でとうとう、骨になってしまった。とても立派な骨でびっくりした。鍛えていたことは一目瞭然だった。

私の息子も小学生から中学生まで相撲をやっていたのでよく、相手をしてもらった。彼が六年生まで胸を貸してもらった。年回りで干支が同じだから六年生のときは父が七十二歳。息子が細いとはいえ、六年生に胸を貸すのはなかなか大変であったはずだ。にもかかわらず、何番も相手をしていたのだからすごい。若い孫の方が先にへたばっていた。

しっかり鍛えた父であったが、トラックとの試合はさすがに勝てなかった。言葉をかわすこともなく、逝ってしまった。

父を知る人はみんな口をそろえて言った。

「天伯《てんぱく》さん（父の名字は本多であるが、社名の天伯でこう呼ばれていた）らしいね。」と。

そう考えればそうかもしれない。

父がよれよれになって管につながれて身動きできない状態で寝ている姿なんかは想像できない。第一、活発な父が寝たきりなんて考えられない。

父、最後の名古屋場所観戦

動くのが大好きで、よく話し、よく笑い、苦難なんてなんのその、いつも前向きで、明るく、愚痴もこぼさなかった強い父。

会話もなく、あっという間だったのは残念としかいえないが、元気いっぱいの父だったから桜のようにパッと散っていった潔さは父らしくてよかったのかもしれない。

父が亡くなって一年。

二〇一九年八月一日、杉田氏からメールが届いた。

暑中お見舞い申し上げます。

今朝、なんと、天伯さんの夢を見ました。元気な天伯さんがお膳の支度をしてくれて、話をしました。夢でも嬉しかったです。

「しばらく、顔を見せに来ないから死んだと思ったか。」

と言いながら、がっはっはと笑っていて、そのとき僕はうっかり、

「ええっ、天伯さんこの前、亡くなったよ。とみんなに知らせてしまったよ。」

と言ってあせって、はっと目が覚めました。

という内容だった。
私の夢枕には現れないけど、杉田氏はよく面倒をみてもらったし、杉田氏もまた父のことを慕っていたから、安心するために出てきたのかもしれないと思った。

二〇一九年八月七日
今日でちょうど亡くなって一年ですね。去年も暑かったですね。この一年、天伯さんのことをずうっと思っていました。また、夢でもいいから会えたらいいなと思います。

杉田氏は弟の友人である。父の一番の取引先の金融機関の支店長をしている。そんな縁で、バス旅行や役員会などで顔を合わせる機会も多く、また、小さい頃から知っていることもあって、父もかわいがっていたようだ。杉田氏も父のことを父親のように思ってか、どこに行くときもよく世話をしてくれていたようだ。
私が実家を訪ねて居間に入ると、留守にしていることが多い。唯一、テレビにかじりついているのは相撲を見る時か、好きな時代劇を見る時くらい。お正月に訪問すると、箱根駅伝を見ているのが常であった。

普段の生活では、とにかく毎日のように電動自転車を乗り回し、銀行やちょっとした買い物、庭の草取り、盆栽の手入れと、まあ動き回っている。九十四歳になっても、「動けんくなるといかんでなあ。」と言いながら、毎日一万歩を目標に歩いていた。そんなパワフルな父とは、この世で会うことはなくなってしまった。

父と私は、馬が合うこともあり、時間があるとよく話をした。

生前、実家に子供を連れて遊びに行ったとき、夜が更けるのも忘れて何時間も話すのは母だったが、九十を過ぎて耳が遠くなった母とは、あまり話ができなくなってしまった。代わりに父と話すことが増えた。父と話していると、必ず甦るように出てくるのが戦争の体験話だ。

「戦争はいかん。死んじゃいかん。」

「あんなことは二度としちゃいかん。」

そう言いながら、

「俺は大変だったけど命を張ったおかげでありがたかったけどなあ。」

と言っては、遠くの方を眺める。

戦争体験話はぶつ切りのようにいろいろな話が出てくるが、私が小さな頃から耳にたこができるくらい聞き、まるで体験したかのように一体感を持つまでになったエピソードがいくつかある。世間で聞くような悲壮感は感じられず、何度聞いてもワクワク、ドキドキ。おしまいには、

「そうか、どんなに辛く苦しく追い込まれても、考え方を切り替え開き直れば、何とかなる。」

そんな気持ちにさえ、させられる。父の体験談は私の心の根底に蓄積され、良い形で私のその後の人生の応援歌となった。

多くのエピソードを聞く度に（そんな対処法もあるのか。とか悪びれずよく言えたなあ）など興味をそそられるものがあるので、ぜひ、一読していただければと考える。

3　入隊

昭和十九年九月十日、十九歳で現役召集され、名古屋中部二部隊へ入隊した父。

この時代はみんなが兵隊さんに憧れ、父も同様立派な働きをしたいと思ったらしい。そこで自ら志願した。当時の男たる者選抜されて兵隊になることは名誉であったらしい。もちろん、学卒の人々は予科練に入ることができ上の位につくのだが、父のように尋常小学校しか出ていない者にとっては、選抜されて合格できたことは大きな誇りであったらしい。徴兵検査は「甲種合格」だった。

甲種合格とは、健康状態はもちろん、体格もしっかりしていて、均整が取れている。つまり、オールAという意味を持つ。戦争がまだ激しくなかった頃は、兵隊志願者の方が多く、合格して兵隊になるのが大変であった。ところが、戦局が悪くなり戦争が激しくなって亡くなる人も増えてくると、甲種、乙種などと選んでいるどころではなく、男なら老人以外は戦地に送られたと聞く。とにかく悲惨な状況だ。

父たちは旋盤工だったため、兵隊であると同時に戦争で使う機器類を整備したり修理したりしていたらしい。機器類は戦争をする上で重要なものである。そのため、どうしても専門的な知識を持ち、より正確な修理や整備が行えることが必要であった。そこで、機械を扱う者たちは、選抜で数学の授業を受けることになった。日中は厳しい訓練、その後、夜になると数学の授業。父に限らず、他の人たちもとても辛かったらしい。特に父は尋常小学校しか出ていないのでチンプンカンプン。X、Y、√などなど、見たことも習ったこともない記号や公式が黒板にずらずら。

ただでさえ疲れているのに訳のわからない授業。一生懸命聞こうとはしているのだが……。知らぬ間にうとうと寝てしまったらしい。眠った父の頭に「ガーン」。寺の釣鐘が落ちたかと思うような衝撃が走った。あまりの痛さに星が四つも五つも頭の上に散ったようだった、とよく聞かせてくれた。

ふと見上げると、赤鬼のように目を吊り上げた上官が、

「本多二等兵、貴様は何で授業も聞かず、寝ているんだ。眠っていたら何もわからないじゃないか。」

とこっぴどく叱責された。父も負けじと、

「本多二等兵、起きて聞いとってもわかりません。」と元気よく答えた。

今度は頭の上から炎が燃え上がるような勢いで上官は、

「起きとってもわからんとはどういうことだ。」と言った。

そこで父は、

「じゃあ、上官殿に質問でありますが、あちらに犬が三匹いたとします。その犬たちが互いにワンワン、クンクンと鳴いていたら、上官殿は何を言っているかわかるのでありますか。」と質問した。

肩透かしを食らった上官は、

「…………。」

しばし考え込んでしまった。はっと我に返った上官は、

「犬のことはともかく、本多二等兵、こんな説明が貴様は何でわからんのだ。」

と厳しく聞き返された。

「はい、私は尋常小学校しか出ていないので上官が説明される公式や記号は見たことがなく、使ったことがないのでわかりません。」

と正直にきっぱり答えた。

鬼のような顔をした上官も急に表情が和らぎ納得したらしく、

「わかった。それなら明日から貴様がわかるように教えてやる。」

と言って何日も何日もかけて丁寧に教えてくれたそうである。

その後、軍事機密となっている兵員移動があった。軍事機密だったから上官たちはピリピリしていた。

名古屋からの移動中の列車で、友人が米原手前付近で列車に手を振る女性たちに旗を振って応えるのを輸送教官に見つかってしまった。教官に、

「旗を振ったのは、本多、貴様か。」

とどなられた。違うと答えると、

「それなら、なぜ笑っておるんだ。」

と言われたので、

「本多、笑っておりません。生まれてからこの顔です。顔のことなら親に言ってください。」

と答えた。

4　戦車教育隊

九月二十六日に中国大陸に渡る船が、下関港から出航。思いもかけず急な出来事であったため、バタバタした状態だった。船に乗るのも急なこと。詳しいことはまるでわからず、とにかく船に乗せられた。途中米軍潜水艦に追尾され、

「大丈夫だろうか。ここで死んでしまうのか。」

と思ったそうだ。だが、なんとか釜山港に入港することができた。

釜山に着くと、休む間もほとんど与えられず、ハルピンまで長い距離を歩いた。少し休養を取りながらようやく辿り着いた。

十月二十五日にハルピン戦車教育隊に入隊する。

昭和二十年一月十五日、奉天15539部隊に配属される。戦車整備兵として激戦地に赴く。

激戦地というだけでなく、中国の一月は厳しい寒さだった。だが、泣き言などは言っている場合ではなかった。軍の命令に従い、爆弾を抱えて土中の穴に隠れ、戦車への体当たりの訓練を何度も行なった。

この頃だった。上の人たちは、「日本は攻めている。勝っている。」と言ってはいるが本当だろうか、という疑念が実は父の心の中にはあったらしい。命からがら米軍の潜水艦に追尾されたこと、釜山港に着いてもほんの一時、休む間もなく移動を始めていること、どう考えても追っ手を逃れているようにしか思えない。訓練にしてもそうだった。

「これは自爆か。万に一つもこれじゃあ助かる見込みはない。いくらお国のためとは言っても相手と闘うなら生きる可能性は残る。でも、この訓練はどう考えても死ぬためにやっているとしか思えない。こんな命の捨て方はいやだ。」

とさえ思った。しかし、この時代「いやだ」ということは言えなかった。ましてや「ばからしい」なんて……絶対……言えなかった。

訓練を終え、いざその時が来た。

実践の時は、たこつぼに隠れ戦車が来るのを待った。今か今かと、緊張感いっぱいで待ち続けた。しかし、緊張しすぎて、待つ間に疲れて寝てしまった。はっと気づいたが、なんと戦車は通り過ぎてしまった。おかげで命拾いをした。

5　中国大陸横断

昭和二十年八月十五日、終戦を迎えた。しかしその時には、ソ連軍が一方的に侵攻し捕虜になってしまった。彼らのなすがまま、中国大陸をどんどん歩かされた。兵隊としての扱いではなかったから飲み食いもろくにできなかった。

「腹が減っては動くこともできん。仕方ないから道端の畑になっていたトマトをだまってとって食ったり、生のトウモロコシを食べて飢えをしのいだ。とにかく、口に入るものなら何でも食べて歩いた。」

と父は言った。

他にも大変なことはあった。昼夜を問わず歩き続けるから足の裏は血豆だらけで赤黒かった。それが痛くて痛くて、時々休憩になる度に血豆をつぶした。とにかくいやというほど歩かされた。だいたい二週間くらい歩いたそうだ。

夜もろくろく寝ないで歩いた。意識ももうろうとしてくる。ふっと気がつくと隊列から外れてしまう人たちもたくさんいたそうだ。そうなるともう生きてはおられない。

隊列から外れてしまうと兵隊の持っている洋服、水筒、靴、鉄砲、などなど金目になるもの、食べるもの、生活に役立つものを取ろうと、鵜の目鷹の目でねらっている人々があちこちに潜んでいるのだ。これもお互い生きるためだからなんともしようがない。父は「俺もそうなると困るから隊列を外れんようどうしたらいいか考えた。一番先の奴は馬の尻尾、その次からはそれぞれ服の先っぽを持って外れんように歩いた。」

と言った。

「そりゃあ、大変でな。途中で『もうだめだ。こんなにえらい（辛い）目をして生きていくなら死んだ方がましだ。もうかまわんでいい。置いてってくれ。』って叫ぶ奴もたくさんおった。」

「俺たちも仲間のことだから励ましながら肩を貸して一緒に歩いた。だが、いかん。なにしろ飲まず食わずだから力が出ん。本当に本当に、後ろ髪ひかれたが、自分のことだけで一生懸命だった。『すまん。』と一言、心の中でわびてな、置いていくしかなかった。」

と寂しそうに語った。

「道々、驚く光景に出くわした。あっちでもこっちでも素っ裸で放り出された兵隊たちがいっぱいあった。こいつら、なんで素っ裸なんだってびっくりした。」

「後になってわかったんだがそいつらはな、疲れ果てて歩く力がなくなってそこらへんにへたりこんで命をなくしてしまったんだ。するとな、死んだ兵隊たちの服、水筒、靴、その他、役に立ちそうな物、ぜーんぶその辺に住んでいる人々が持っていったってことがわかった。」

「あの頃は物も貴重だから、みんな生きるのに必死だったんだと思う。とにかく、死んだ兵隊たちは数知れんかった。兵隊だけでなく、その辺りに住んでいる人たち、みんな生きるのに精いっぱいだった。」

　また、あらためて戦争の悲惨さを感じた気がした。

　父が何度も当時のことを語ってくれる。最初は武勇伝よろしく、面白おかしく聞くことができた。多くの亡くなった人は気の毒でかわいそう、と表面だけ聞いて思ったりもした。しかし、戦争の本当の怖さはそんなことではない。何とか助けてやりたい。励まして、手を貸して、一緒に連れていけば生きることができる。と思っても、見捨てなければいけない辛さだ。現代のように、知らない人だから、あまり親しくない人だから、関わらず、知らんぷり。というのではない。何とか手を貸したいが、その余裕のない怖さが戦争なのだ。と学んだように思った。

それは、すべて生きるため、日本兵だけではなく、戦地に生きるその国の人々もがけっぷちなのだと知ることができた。心が冷たいわけではない。本当に食べるため、生きるために方法がない。冷酷といわれてもどうすることもできない。これが戦争の正体なのかと思った。

6　シベリア鉄道

　十一月四日、猛吹雪の黒竜川を渡り、そこからシベリア鉄道のあるところまで歩いた。淡々と語っている父であったが、十一月の中国大陸、しかも猛吹雪、川を吹く風は陸地よりさらに冷たい。寒さについて話してくれたのはシベリアのことだけだったが、凍てつく風は私には想像できなかった。さらにシベリア鉄道までは徒歩。川辺からどのくらいかかって歩いたか、詳しくは話すことはなかったが、今の私たちには考えられないくらい寒かったに違いない。この寒さの中、倒れた人も多かったと想像した。

　着いてまもなく、貨物車のような汽車に乗せられたと話していたが、これもきっと、疲れ果てていたため、意識はほとんどなく、幽霊のようにふわーっとただただ、歩いていたに違いない。そして、その列車は走った。何日も何日も走った。

「中はな、それこそぎゅうぎゅうのすし詰め状態で人だらけ。窓もなく、外も見えん。二週間くらい経ったかなあ。やっと汽車が止まった。一回止まるとな、一日くらい汽車は動かん。小さな隙間から外が見えた。」

「な、なんだ。海か、日本海か。日本に帰れるのか。」

一瞬、喜んだ。

だが、次の瞬間、

「ニェット、バイカル。」

という声が聞こえた。

「ええ、こ、これは海じゃない。バイカル湖。俺たちは日本とは真逆の方に連れていかれるんだ。こりゃあ、大変だ。このままじゃ当分日本には帰れんかもしれん。どうすりゃいいんだ。」

動揺したのは自分だけじゃなかった。周りもようやくことの重大さに気づき、怒ったり、わめいたり、嘆いたり、文句を言ったり、……もう、パニック状態となり、ただでさえ狭くて人だらけの部屋の中は上へ下への大騒ぎだったらしい。そんなとき、父は考えた。

「とにかくこうなった以上、腹をくくらにゃならん。じゃあ、何をすればいいのか……。」

しばらく考えた、何をすればいいのか。

「そうだ。まず、言葉を覚えんといかん。言葉を覚えんと都合が悪い。言葉を覚えれば便利なことが多い。」

と、アイデアを思いついたまではよかったが、ではどうやって覚えればいいのか、毎日、毎日、頭の中で悶々と考えた。

「まあ、どうすりゃいいだか、考えすぎて頭がいたくなってなあ。ある日な、突然ひらめいた。そうか、ロスケ（ロシア人のことをこういう呼び方をしていた）のそばに行って、状況と言葉を結び付ければ理解できるかもしれんとな。」

それからロシア語を覚えるため、収容列車休憩の都度、ソ連兵に接近しては言葉を習得することを心がけた。アイデアと考えはいいが、実際、近づいてそばに行くのは大変だったようだ。相手は「なんだ、この日本人、危険じゃないのか。」と変な目で見られるし、警戒されるし……。しかし、何度も繰り返しているうちに危険でないことがわかると、そばに行っても変な目で見られることはなくなっていった。

父がここでよく強調したのは、嘆いても怒ってもしかたない、自分たちがこれから生きていくためにはどうすることがベストかということを考えて、いち早く実行することが大切、ということだった。人はとかく、不幸に見舞われるとそのことだけで頭がいっぱいになり、混乱を起こしてしまう。冷静にならなければいけないとわかっていてもなかなか実行は難しい。「困った、困った。」と言うだけで終わってしまう。

父は言葉習得のため、必死に聞くように心がけた。

列車はその後も走り続け、どんどん奥地へ進んでいった。十五日くらいはかかったと記憶していると言っていた（実際には列車に乗せられてから二十日かかった）。休憩も何度かあったため、あちらの集団、こちらの集団、と寸暇を惜しんで耳をそばだてて聞きまわっていたらしい。父は多くは語らなかったが、知らない言葉を習得することがどんなに大変かはわかる。私が英語の基本を習って知っていても、辞書もなく言葉を聞き取ることは容易ではないことはよく知っているから。父は辞書どころか、ロシア語の基礎すら習ってないのだ。本当に苦労して言葉を獲得したのに違いないと思った。二十日の間にどのくらい言葉を覚えたかはわからないが、腹をくくって覚悟を決めていた父だから、かなりの数を吸収したのだろうと思った。

7　じゃがいものスープ

十一月二十六日、中央アジア、クラスノヤルスク第七収容所に入った。シベリア最大の機関車工場に配属されたのである。

父は戦後、シベリアに抑留された。ただ、父の話は世間で知られているシベリア抑留とはかなり違っている。

私が知っている抑留といえば、劇団四季で演じられているものであったり、東京でシベリア体験を話してくれたり展示してある場所があるが、そこでは寝るところは粗末で寒さもしのげないような小屋生活、飢えと寒さのために多くの人たちが命を落とす、というものであった。だから抑留者といえば、仕事は外での厳しいものだと思っていた。ところが、父に話を聞くとまるで違っていたため、大変驚いた。このような抑留者がいることはおそらく、世の中の人たちも知る人は少ないのではないかと思う。

父たちは、技術兵だったため、機関車工場で働くことになったらしい。三六六技術部隊という名前がついていた。主な仕事は旋盤を回すことだったという。労働時間は八時間くらいだったから、こき使われて死にそうということはなかったらしい。しかも室内だったため、凍えて死んでしまうこともなかったと聞いた。世間で知られている抑留者と比べたら天と地ほどの差である。

「そんなに違うならよかったじゃん。」と、気楽に言ったら父にしかられた。

「ばか言うな。仕事は普通だが、死ぬかと思うこともあったんだぞ。」

「ええ、そうなの。何があったの。」

そう聞くと父は思い出すように空を見つめて楽しいような、大変だったような複雑な表情をして話し出した。

仕事は八時間ほどだったがなにしろ、食事が貧弱で……。スープの中にビー玉ぐらいのじゃがいもが三つくらい。もう、腹が減って腹が減って……。と言うのである。

ある日のこと、機械（旋盤）を回していたのだが、目が回り、もう立っていることもできず、くらっとしたと同時に、意識も薄れて座り込んでしまっていた。すると、背後の腹の横に硬くて棒のようなものがぐっと刺さるように食い込んできた。

「な、なんだ。これは。」

後ろに手を回してつかんでみた。

「ん？　なんだ。この形は。」

いやな気持ちになった。おそるおそる形をたどった。

それは、ピストルだった。

年の頃は四十そこそこのガタイのしっかりしたGPU（スターリン政権下の秘密警察）が、背中にピストルをつきつけていたのだ。ひょっとしたら自分はここで死ななければならないかもしれん。頭の中に不吉な思いが走った。どうせ殺されてしまうなら、やるべきことをしよう。自分の思ったことを言ってから殺されようと思ったらしい。

ピストルをつかみながら「なんでこんなことをするんだ。」とロシア語で聞いた。

GPUは、眉を寄せ、大きく厳しい声で言った。

「みんな働いているのに、なぜお前はこんなところで座り込んでいるんだ。」

「動けないからだ。」

さらに、強く糾弾された。

「なぜ、動けない。」

「こんな小さなじゃがいも三つでは力も出せない。」

「それはお前にやる気がないからだ。」

小バカにしたような態度だった。さすがの父もこれには腹が立ったらしい。

「それじゃあ聞くがお前の子どもが一週間、こんな小さなじゃがいも三つで力が出せるのか。」

すごまれてさすがのGPUも絶句した。さらに父はたたみかけた。

「もし、お前の子どもがじゃがいも三つで仕事ができるなら、俺はその二倍の仕事をしよう。こんなじゃがいも三つで仕事をやり続けなければいけないなら死んだ方がましだ。」

「さあ、気に入らなければこの場で、みんなの前で殺してくれ、楽になる。」

力強く言い、心を鎮め目を閉じてあぐらをかき、さしずめ熊谷次郎直実に捕らえられ覚悟を決めた平敦盛のような心境だったようだ。すごい勢いでしかもロシア語でまくしたてられ、父の態度にさすがのGPUも圧倒されていたらしい。何も言わず、彼は黙ったままだった。しかし、父はこんなにも潔くできたのか。私なりに考えてみた。

・独り身であった。

・国に家族はいるものの、貧しい百姓であったため、長兄は父が戦死したとしても悲しみより、むしろ名誉だと考える。なにしろ貧乏で一人でも働き手が必要。尋常小学校四年生で丁稚奉公しろというほどだったのだから。

・母は悲しい思いをする。

このような状況だったからではないかと想像した。人間、失うものがないほど開き直れるものものだ。このときの父はまさにそうだったに違いない、と思った。

真剣な顔つきで話し終わって、しばらく経ってからだった。意外な展開が待っていた。

「お前はなかなか面白い小僧だな。度胸もあるし、ロシア語も話せる。」

穏やかでピストルを突き付けたときとは違っていた。顔も穏やかな笑みをたたえていた。

「今から私と一緒に来なさい。」

思いもよらない態度にびっくりしたが、とにかく彼の後ろに従って付いていった。

道中長い気がした。ガタイのしっかりしたＧＰＵに連れていかれる日本人の捕虜。あいつ何をやらかしたんだろう。工場の右左にいる日本兵たちは気の毒そうにこちらに目を向ける。父は堂々と歩いていたようだが周りは気の毒そうに見ていたらしい。

どのくらい歩いただろう。立派な部屋に連れていかれた。彼の上官の部屋だった。

彼は緊張し恭しい態度で上官に父のことを話した。

「彼はなかなか面白い男です。度胸もあるし、ロシア語もできます。通訳に使おうと思うのですがどうでしょうか。」

彼が父との一件を、上官の様子を見ながら、静かに話した。おもむろに上官が答えた。

「君がそう言うなら私に異存はない。」

二人の間には信頼感があふれているようだ。

彼が上官に推薦すると、思ったよりあっさり承諾され、なんと翌日から通訳という任務に就くことが、その日その時間から決まった。緊張の一時だった。話が終わり、上官の部屋から出た。空気がうまいと感じた一瞬だった。ほっとしたと同時に彼に要求した。

「すまない。緊張しすぎて腹が減ってしまった。とにかく食べ物がほしい。」

と申し入れた。彼はにこりとして、

「ああ、わかった。」

と言って小さな紙切れに何か書いてくれた。会話はできたが文字はさっぱりわからない。彼は、

「この紙を持って食堂へ行きなさい。そうすれば好きなものが食べられる。」

と言ってメモをくれた。

「わかった。ありがとう。」

礼を言って別れた。とにかく倒れそうなくらい腹が減っていた。

上官の部屋へ連れていかれ、黙って立っていただけだが、緊張も半端ないくらいだったため、緊張がほぐれたとたん、我に返った。我に返ってみると急に腹が減っていることに気づいた。彼が書いてくれた紙をくしゃくしゃになるほど握りしめて将校食堂へ急いだ。

一歩、足を踏み入れた。……圧倒された。

広々とした部屋。あちらからもこちらからもいい匂いが押し寄せてくる。鼻から容赦なくうまい匂いが入り込む。めまいがしそうだった。明るくきらびやかでまぶしすぎた。テーブルもいくつあるか数えきれない。そのテーブル一つ一つには、パン、砂糖、大きな肉、野菜などが所狭しと並べられている。その数、豪華さに圧倒された。将校はすごい。一般のロシア人も寄りつけない。ましてや捕虜は言うに及ばずだ。一瞬、動けなくなった。が紙切れに一筆書いてもらったおかげで、欲しいものは遠慮なく食べることができた。周りがどんな表情で見ていたかはわからない。ただありがたいことに、いやなことを言ってくるロシア人は一人もいなかった。おかげで遠慮することなく欲しいものを欲しいだけ食べることができた。とにかく食べた。食べられるだけ食べた。一心不乱に食べた。牛のように胃の中にストックしておきたいくらいだった。

あんなにへたっていたのにいっぺんに元気が体に戻ってきた。涸れたダムに水が満水になったようだ。

通訳になったとはいえ、国が広く大きいこともあり、言語がすべて通じるわけではなかった。そのため、多少の違いがある言語もと詳しく細かいことまで理解できるよう求められた。時間を設けて家庭教師を二人つけてもらい、より通訳として役立つよう、勉強させられたようだ。家庭教師は女性だった。一人はすごく美人だと言っていた。髪はまぶしいほどの金髪、肌の色は抜けるように白い、眼は青の洞窟の海のように美しい碧だったと何度もつぶやいていた。

父からこの話を何度も聞いていた私は、いつしか勇気や思っていることを行動することの大切さを刻み込んでいた。

私にもこんな体験があった。

小学校三年生の頃だった。クラスには学年から恐れられていたボスがいた。

「彼女には逆らわない方がいいよ。彼女はいつも気持ちよくさせておいた方がいいよ。」

と言われていた。

なぜ、彼女のご機嫌を取らなければいけないのか。なぜ、へつらわなければいけないのか、私には理解できず自然にふるまっていた。ところがそのことが彼女の逆鱗に触れ、私は孤立していった。私が通るとよけられた。近くに行くと遠ざけられた。辛かった。なぜ、こんなことされるのか、わからなかった。

彼女の目がないとき、

「ごめん、優ちゃんがいやなわけじゃない。でもね、話すと彼女の仕返しが怖い。ホントごめん。」

そう言って、クラスメイトは立ち去っていった。

他の子も、「ごめんね。」と言ってくれた。

孤立するのは辛かったが、他の人たちの怖い思いもわかるので、こらえるしかなかった。

そんな辛いときは一年続いた。私たちの小学校ではこの頃、三、四年は同じクラスと決まっている。（もう一年この辛さを味わうのか）そう思うだけで憂鬱だった。

四年生になったある日、突然、

「私、学校に行きたくない。」

あまりに唐突だったので、母は呆然とした。理由を聞かれた。一年間ずうっとおくびにも出さなかったが、このときは驚くほど流暢に次々と辛かったことを話した。話が終わると母が、あの気の弱く話すことが苦手な母が、

「先生に、言いにいってあげる。」

と言った。びっくりした。この後、九十三まで生きた母だったがこんなに積極的に動こうとした母の姿はこれが最初で最後だった。

救われた気がした。先生に言ってもらえる。

天にも昇る思いだった。これで救われると思った。

ところが、父が待ったをかけたのだ。

「優子、お父さんやお母さんが先生に話すのはいつでもできる。」

「お前、その子に聞いたことあるのか。なんで孤立させるのか、孤立させられてどれだけ辛い思いをしてるのか、言ったことあるのか。」

と言うのだ。お父さんは聞けと簡単に言うけど、一年かかっても言えないから悩ん

で苦しんできたのだ、と思った。でも、父は言った。

「勇気はいる。確かに大変だということはわかっている。けどな、言ってみることに価値はある。みんなが考えているような子じゃないかもしれんしな。とにかく、話してみろ。」

そう言うと、さっさと、部屋から退散してしまった。

困った、どうしよう。言ってみろ、と言われても言えない。でも、父は言え、と言う。

悩んだ。言えるのか、言わなくてはならないが言えるのか。なんて言えばいいのか、いつ言えばいいのか、一週間ほど悩んだ。決意した。

月曜日だった。みんなが集会に参加するため運動場に並ぶ。教室から外へ向かう。

「ねえ、ちょっと話したいから職員室の裏に来て。」

心臓が口から飛び出しそうだった。彼女は付いてきた。

「私、前から話したいことがあった。」

彼女を前にして機関銃のようにまくしたてた。どのくらい話したかわからない。ただ、月曜集会の前だったから長くても十分程度だったと思う。

「前から、考えてたんだけど、あなたはどうして私を邪魔にするの。私があなたに何かした。もし、何かしたなら言ってくれればいいし、文句いわれてもしかたないと思う。だけど、何にもしてないし、悪口も言ってないし、理由が見当たらない。しかも、他の人たちにも無視するようにするなんてひきょうじゃない。」

なるべく頑張って冷静に、心静めて、何日間か話すことを考えたように話した。とにかく無我夢中で誠実に、たたみかけた。

その後、何事もなかったように集会が始まり、そして終わった。みんな教室に戻った。

いつものように授業が始まる。ただ、一つ変わったことといえば、彼女と私はとてもすがすがしい気持ちだった。彼女にきちんと告げてよかった、と思った。

彼女は……彼女もまた、素敵な人に変わった。

とても、みんなに意地悪を強要するような人とは思えなかった。

小学生だからわからなかったけれど、彼女のほんのちょっとした言動が噂となって広がり、広がっていくうちに大げさに伝わって、一人歩きしていってしまったのかもしれない。バスの中で伝言ゲームをやると最後の人はまるで違う状況が生まれる。それと同じなのかもしれない。とにかく、威張った様子はまるでなく物腰も穏やかで話しやすくなった。

父がアドバイスをくれたように実行してよかった。勇気を出すことは辛く苦しい。けれど、大切なことだということを知ることができた。

父の助言で勇気を出せたおかげで、母が先生に話しに行くことはなかった。

この体験で私は変わった。堂々と人の前で自分の意見を言える人間に成長できた。

父の体験は、こんなにも影響力を与えるものだと知った。

8　捕虜仲間

通訳として働いていても日常生活はなんら変わることはなかった。必要なときは通訳をするが、捕虜であるから、普段は旋盤を回し、終われば仲間とともに収容所に戻って、疲れを癒しながら眠る。たわいもない話をしたり、ちょっとした遊びをしたり、比較的、結構な待遇を受けていた。たまにだが休日もあった。休日には町に繰り出し、お酒を飲んだり、食べ物も、普通に食べていた。

若い女性たちもたくさんいた。あるとき、友達の竹内さんが、

「あの子にちょっと付き合って、と声かけたいがなんて言えばいいのか。」と聞いた。

おちゃめな父は、何を思ったかいたずら心に火がつき、ロシア語を知らない竹内さんに「○○と言えばいいよ。」とにそにそしながら言った。（実は「君のおっぱい大きいね」だった。）

喜んだ竹内さんは大衆の面前で彼女に言った。彼女は真っ赤になって鬼のような形

相で竹内さんの真ん前に立ったかと思うと、いきなり平手打ちを飛ばした。

「バッシーン。」

すごい音がしたかと思うと彼女はすたすたと立ち去った。

あまりの見事さに向こう側にいた父は、腹を抱えて大笑い。涙が出るわ、腹が痛くなるわ、もう、大変な勢いで笑い転げたらしい。笑う父、怒る彼女、二人の態度に竹内さんはただ、おろおろするばかり、訳がわからない。

「本多、あの言葉は付き合って、じゃなかったのか。」

「やあ、悪い悪い。ちょっといたずらでな。君のおっぱい大きいねって意味だよ。」

と白状した。

竹内さんとはそんなことを平気でしていても仲違いすることなく、気の置けない間柄だった。

遊びの費用も飲み代もすべて父が支払い担当だった。というのは通訳者だったため、月給が百五十ルーブルだった。これは当時の日本人捕虜としては最高の額だった。それだけのお金を父は腹が減った仲間のために食べ物を買った。また、あるときは腹痛や頭痛、その他調子の悪い者たちのために薬を買った。たまにはタバコや、ビールなども買っていたと聞いた。そのため、お金は、父の手元に残ることはなかった。将校食堂でうまいものをどっさり食べていることは仲間には決して告げることはしなかった。だから、仲間たちから疎まれることはなかったようである。

しかし収容所生活であったから、いつも平和であることはない。不特定多数の寄せ集めだからちょっとしたことでいさかいが起きることもあった。

あるとき、下を向いて歩いていた人がある人の腕にぶつかってしまった。腕をぶつけられた人は不機嫌だったため、ぶつかった人に因縁をつけてきた。相手が悪かった。彼は浅草のやくざで前科者だった。ぶつけた相手はなすすべもなく、このままでは死んでしまいそうだった。話を聞いて父が掛け合った。興奮していたそのやくざ者はこれ幸いと相手を変え、父に襲いかかった。相撲で鍛えた父はなんなく、相手をぶっとばしてしまった。相手もメンツが立たず、その後、四、五回かかってきた。が結果は同じ。何度やっても、投げられたり、転がされたりで一度も勝てなかった。降参した。彼は強い父に敬意を払い、どんなことも聞く手下のようになった。

竹内さんいわく、「本多は、牢名主みたいだった。」と。

父が尋常小学校のとき、上級生がよく相撲をやっていた。四年生の上級生は体が大きいだけでなく大変強かった。その上級生にこともあろうことか、体の小さな一年生の父が挑んだのである。もちろん、勝てるわけがない。何度も、何度も、かかっていく。でも勝てない。

どのくらい時間が経ったか。さすがの上級生も、

「お前のしつこさには負けた。」と言ったそうだ。

勝つことはできなかったが、勝負は捨ててはいけないことを学んだ。また、相撲の面白さも学び、それから精進した。体が小さいから勝つために技術を習得した。


この時代はおもちゃなどを買うお金がない者が多かったから、相撲のように土俵の広ささえあれば手軽にできるものに人気があった。しかも勝ち負けがわかりやすい。素人でもよほどわかる。そのため、休み時間や遊びの中で盛んに行なわれた。父は実践で学び、腕を上げたらしい。

戦後復員してから就職した会社の社長さんが相撲好きで、工場内に土俵まで作ってしまったそうだ。そこで市内から相撲好きが集まり、『塩勇《しおいさみ》』というしこ名で活躍したそうだ。アマチュア相撲であったが見に来た人たちを沸かしたそうだ。

その頃、祭りになると、各神社では奉納相撲がよく行なわれ、業師だった父は結構人気があったため、勝つとたくさんのおひねりが飛んできたり、賞品、賞金もよく持ち帰ったらしい。

帰国後の父の通称「天伯さん」　杉田光則作

いざこざもしばらくはなく、穏やかな日が続いた。

他の抑留部隊は過酷な重労働、厳しい風土、栄養不足で大量の同胞が凍土の下、日本に帰ることを夢見て亡くなっているが、ここの第七収容所では仲間の食事も改善され、労働力が高まる好循環を生み、それまで機関車の月間生産高七、八台だったところ、なんと、二十五台の生産を達成し、他のシベリア抑留部隊より特別に厚遇された。

・・・・・
・・・・・

いつものように旋盤を回していると後ろで声がする。

「カク・ジラー。」(調子はどうですか)

父は振り向きもせず、

「ニチョー。」(心配ないよ)

と答えた。顔も見ず機械に向かって真剣に臨んでいたから、

「カク・ジラー。」(調子はどう)

と、二、三度尋ねられた。なんども聞かれたのでようやく、後ろを振り返った。

驚いた。なんと、父がやりあったＧＰＵ。彼は中佐の勲章をつけ、大尉と中尉を従えて立っている。ぎょっとした。奴はこんなに偉い奴だったのか。工場長はぴりぴりだった。なにしろ、工場長の階級は中尉。中佐といったら雲の上の存在。工場長は父のいい加減な態度にひやひやしていたに違いない。

また、あるとき、別のロシア人から質問を受けた。

「お前、日本では何をしてたんだい。」

このとき、父はちょっといい気になっていたらしく、ついうっかり、

「俺か、俺はな、日本で技師をしていたんだよ。」

とほらを吹いてしまった。

ところが例の一件を知っていたため、

「そうか。さすがだな。」

と言ってあっさり、信用されてしまった。

9 技師

ロシア人にほらを吹いたことはすぐに工場長に知れた。すぐに上官の部屋に呼ばれた。

「お前は日本で技師をしていたと聞いた。日本の技師は優秀だと聞いている。今から腕前をみたい。こんな問題ならすぐ解けるだろ、やってみてくれ。」

見たこともない符号のついた計算がいっぱい並んでいる。困った。どうしよう。今さら、実は違うんです。とは言えない。後悔した。とにかくその場をしのがねばならない。

「できることはできるが、激しい戦争やらひどい疲れが多くてやり方を忘れてしまった。」

と出まかせを言った。

「いや、日本の技師ならそんなこと、忘れるはずがない。」

鼻がくっつきそうな勢いで相手が迫ってくる。

「わかった。とにかく思い出すから一日待ってくれ。」

冷や汗をかきながら収容所に戻った。

「困った、困った。万事休すだ。もうだめだ。俺の命もここまでか。」

ぶつぶつ言い通しだった。そんなときだった。

上からにゅうっと手が出てきた。父のベッドの上に寝ていた谷内さんだ。

「その問題、ちょっとお見せなさい。」

と言ってプリントを持っていった。
四、五分ほど経った頃、
「はい、本多さん出来たよ。」

「ええ、もう出来た。本当にこれで正解か。」

「大丈夫ですよ。」

にこやかに穏やかに、谷内さんは言った。そうは言うものの、父の気持ちは半信半疑だった。訳のわからない記号がずらずら並び、複雑極まりない計算、それをたった四、五分で解き、涼しい顔をして出来たと言う。本当に大丈夫だろうか、と疑わない方がおかしい。まあ、せっかくやってくれたのだから、その好意を無駄にもできない。まずは寝て明日持っていこう。と考えた。

翌朝、まるで自分が解いたという顔をして提出した。

「自信はないが、とにかく、やってみた。見てくれ。」

と言って手渡した。

工場長が受け取り、ロシアの技師に手渡した。しばらく経って父のもとにプリントが戻ってきた。

「すばらしい。さすが、日本の技師は優秀だ。」

と言ってほめられた。父はぽかんとしてしまった。

「どういうことだ。」

あっけにとられていると言葉が続けられた。

「すごいなあ。満点だった。」

と言うのであった。内心びっくりしたが、とにかく、安心した。

相手方がなぜ、驚いたのか。実はその数学の問題はモスクワ大学の試験の問題だったのだ。

しかし、こんな難しい問題をものの五分で解いてしまう、しかも満点。いったい、谷内さんはどういう人だろう、とは思ったが、早く収容所に帰ってまずは礼を言わなくてはという気持ちの方が優先だった。

「谷内さん、ありがとう、本当に助かったよ。なにしろ俺は尋常小学校しか出てないからあんな計算、見たことなくて……。」

「ほらなんて吹くもんじゃないね。谷内さんがいなかったら、俺の命はなかったかもしれない。」

と、照れながら父は言った。

谷内さんは相変わらずにこにこしながら穏やかに、

「困ったら、またいつでも聞いてください。困ったときはお互い様。私ができることならいつでも助けますよ。」

と言ってくれた。まったく、こんなところでこんな気持ちの良い人に巡り合えてよかったと思った。

父たちが寝ているところは一階と二階に分かれていた。随分たくさんの捕虜だったから、二階も自分たちで工夫して木を積んで二段にして寝なければならない。言い換えれば二段ベッドのようなもので手も出し、話もできるほどの距離である。たまたま、谷内さんは父のベッドの上で寝ていたのであった。

ボイラーの熱気で二階は暑い。まあ、そのおかげでマイナス五十度にもなる真冬でもふるえることはなかった。

マイナス五十度。数字でかけば、「ふーん。」で終わってしまうが、父もこんな寒さは体験したことがなかったらしい。中国大陸の戦地移動で寒さはいやというほど体験したが、桁が違う。シベリアの内地だから極寒である。そのため、建物の入り口も窓も二重になっている。

冬、外に出るときはとにかく覆うところは全部覆い尽くし、出ているところを極力少なくする。鼻、耳など出ているところは常に、もみほぐしながら移動する。そうでないとたちまち凍りついてしまうのだそうだ。まつ毛まで真っ白になる。また、用事があって外に出たときはいきなり暖かいところに入らず、まず、入り口でゆっくりもみほぐし、血が通ってきたなあと確認してから家の中に入るそうだ。凍りついているところを溶かし、柔らかくなったのを確認するのだと言っていた。冷凍庫に入った肉をゆっくり溶かす要領だ。いきなり入ってしまうと耳や鼻などがポロッと取れてしまうというのだ。また、こんな話もあった。

ある日、水が必要になり、汲みに行くことになった。建物の向こう側に行かねばならない。ひどい寒さのため、意を決してバケツを持って出かけていった。無事に水を汲み終わりこちらへ戻ってきた。

「無事、水を持ってまいりました。」

バケツを差し出すと、ええ、取っ手しかない。どういうことだ。

こちらにたどり着くまでにあまりに寒いため、水が瞬時に凍り、バケツ本体が落ちてしまったのである。では、なぜ、それに気づくことができなかったのか。寒すぎて感覚が麻痺してしまったからであった。

こんなこともあった。余りの寒さにトイレが間に合わず、外で小便をした。小便をしたとたん、スーッと凍ってくる。このままだと、上まで凍ってしまう。まずいと思った瞬間、放尿は止まってしまったそうだ。

外は驚くほどの寒さだが、ありがたいことに中は天国だ。凍りつくような寒さを身に受けることなく過ごすことができた。

日本の技師だとほらを吹き、難しい問題も解いてしまった?ということで、ますます信頼されてしまった。

その影響である日、圧電工場の機械が壊れたから原因を探して直してくれという依頼が来た。さてさて、またまた困った。何が原因なのかさっぱりわからん。

また、谷内さんに聞いた。

「谷内さん、機械の壊れた原因を探って直せという依頼が来たんだけど、どんな状況か教えてほしいんだが。」

と。すると、谷内さんは、

「本多さんが聞いたことを話してくれ。」

というので、父は自分のわかる範囲の情報をこと細かく谷内さんに伝えた。谷内さんはちょっと考えていたが、何かひらめいたらしく、

「ちょっと、お待ちなさい。」

と言って、自分が持っている小さな辞書のような本をペラペラっと見て、

「わかったよ。本多さん、たぶんその状態だとメタルが壊れているんだと思うよ。」

「分解してメタルを作って組み立てればすぐに直るよ。」

と教えてくれた。

そこで早速、父は谷内さんに言われたことを、さも自分が発見したかのように落ち着いて説明をした。工場長はじめ、主だった係のロシア人たちは真剣に説明を聞いていた。そのあと、谷内さんに言われた通り、分解してみると、案の定、メタルが割れていた。聞いてきたように、きちんと順序だてて、メタルを作り、組み立てた。機械は見事に直り、またまた、信用されてしまった。これも谷内さんのおかげだ。

この実績があったためか、その後もドイツから持ってきた多くの戦利品の機械など

で不明なことや壊れたことがあると、いつもこちらに尻を持ち込んでくるようになった。しかたがないから、わからないことはその都度、谷内さんに相談しながら次々に解決をしていった。その度に信頼が増すのは当然のことだが、『日本の技師』というほらは一人歩きを始め、肩の荷はどんどん重くなっていったという。まったく、谷内さんがいてよかった。

しかし、本当に谷内さんはすごい人だ。

すっかり信頼されたため、父はなんと、捕虜でありながら、圧電工場の工場長に抜擢されてしまった。まったく、何が起こるかわからないと思った。責任は重い。でも強い味方がいる。水戸黄門でいえば、助さんと格さんのようなものだ。もっとも、父の場合は助っ人は一人だが。

戦利品の不明な点の解決、修理などは谷内さんの指示を聞いて行なえばなんとかなった。そんなに気も重くなかった。このとき大変だったのはドイツから持ち帰った戦利品の機関車の修理だった。なにしろスターリンが乗車する機関車だ。

あちこち、チェックしながら、修理するところを探し、一つずつ解決していく。その中で、機関車のボルトをはめる技術にはロシア人たちを驚かせたという。

真っ赤になった鉄製のボルトをポーンと機関車の上にいる工員に投げる。それを器用にポンと受け取り穴にはめ込み、ガンとたたいて次々にこなす作業だ。リズムよく、ぐんぐん進んでいく。一つ落とせば大惨事になる。それをいとも簡単にこなしていく。息が合ってなければ決してすることができない。お互いの信頼関係があってこその技術だ。

「日本の技術はすごい。」と感心しきりだったらしい。

のちに東京タワー作りでボルトをはめている場面が紹介されていたが、まさにそれと同じ光景だったようだ。もちろん、仕事をしたのは日本人だけではない。地元のロシア人たちも一生懸命だった。

10　機関車の試運転

父は圧電工場の工場長に抜擢されたことで工場内のロシア人たちにも指示を出す。ロシア人たちは力持ちが多いので、重い物を持ち運びするときや移動するときにお願いしていたらしい。

「あいつら、本当に気がいいんだよ。気持ちよく言ったことを引き受けてくれる。人種は関係ないなあ。」

と、にこにこしながら父は言った。しかし、内心は綱渡りのような毎日だった。なにしろほらを吹いたばかりに難しい責任のある仕事がどんどん増えていくのだから。

ある日のことだった。スターリンの乗車する機関車を動くように、という依頼が来た。まずは、動くようにしなければならない。黙々と仕事をこなし、試運転のための機関車は出来上がっていった。出来上がっていく度に父の気持ちは重くなる。

なにしろスターリンが乗る機関車だ。修理ができなくてもだめ、試運転がうまくいかなくてもだめ、どちらが起こっても自分の命はない。大変緊張したらしい。特に試運転のときは、スターリンと一緒に乗車したらしく、何も起こらず無事に動け、と心の中で念仏を唱えたらしい。帰りつくまで生きた心地がしなかった、と言っていた。

命がけってすごいと心底感じた。

私が三十歳そこそこだった当時、全国的に中学校が荒れていた頃のことである。私はある中学校に講師として勤務していた。引き受けた以上任務を遂行しなければならない。しかし、憂鬱で憂鬱で……。しかも、この勤務地が結構遠かった。普通の道を通ると、一時間半はゆうに超えてしまう。あちこち、通って信号のない道を探した。そのおかげで多少短縮された。頑張って一時間十五分。これ以上は短縮されなかった。長い道のり、車の中で頭を回るのは、「私はなぜ、こんな思いをして通うのだろう。なぜ、行かなければならないのだろう。」というマイナスの気持ちばかりだった。本当に行きたくなかった。逃げたかった。というのが本音だった。

一縷の望みは私が講師だったこと。このときばかりは講師でよかった、と思った。なぜか。だって、講師は期限がある。一年経てば終わるからである。それがわかってからは一年が早く終わらないか、そのことばかり考えた。一日無事に終わると卓上カレンダーに斜線を入れる。「ああ、今日も無事に終わった。」とほっとする。その後、この斜線入れは私の日課になった。いまだに続いている。

また、あるときは実家に帰ると父に言われた。

「優子、お前、顔が怖いぞ。」

そう、毎日殺伐とした現場にいたため、目は吊り上がり、頬はこけて、怖い顔をしていたらしい。体にも異常はおきていた。風邪を引いてもなかなか治らず、二、三か月もかかったり、体重が減って、なかなか戻らなかったり、と辛い時期を過ごした。

けれど、授業そのものは困らなかったし、生徒は素直だったので楽しかった。ところが、上級生三、四人がグループとなり、職員室は占拠され、空き時間そこに居ようものなら平気で因縁をつけ、喧嘩を売ってくる。教員同士、おちおち話もできない状態であった。

ある日のこと、私が同僚と話をしていると因縁をつけてきた。

「お前ら、俺たちのことを悪く言っている。謝れ、土下座しろ。」

と言うのである。

本当に悪いなら教師とはいえ、謝るのが筋だ。ところがそうではない。ここでひるんだらだめだ。そう心に誓った。私は何度、言われても言う通りにしなかった。業を煮やした彼らはボスにそのことを告げた。ボスは結構ガタイがよく、身長も一七五cm以上あった。二〇cm以上も差があり、おまけにがっちりしていた。大人の私でも目の前に迫られるといい気はしない。言葉のやり取りは続いた。最後に彼からでた言葉、

「謝らんと殴るぞ。」だった。

爆弾を抱えて戦車に体当たりする訓練をしていた父が、

「自爆では万に一つも助かる見込みがない。相手と闘うなら生きられる可能性がある。」

と言っていたことが頭をよぎった。

当時生徒とはいえ、暴力を振るわれてけがをするのはつまらないと思っていた人も多かったようだ。しかし、それでは彼らに屈したことになってしまう。言い換えれば闘わずして負けるのと同じだ。「君たちは間違っている。」ということを知らしめるためにも、私は抵抗して闘うことを選んだ。

売り言葉に買い言葉、私もいい加減、腹が立っていたので、思わず、

「じゃあ、殴れば。」

と言ってしまった。当然、殴られるのは覚悟の上だった。

噂では、彼は今度何かしでかしたら、もう学校にはいられないと聞いていたので勝

負をかけてしまった。職員室の中、壁際に立った。（くる。）覚悟した。

「ガスッ。」

鈍い音、みぞおちに一発。その瞬間だった。三人の男性教員がかけつけ、羽交い絞めにして、その場から彼を引きずっていった。本当にありがたかった。今も忘れない。感謝している。

結局、打撲で全治二週間の診断を受けた。診断書はお守り代わりに毎日ポケットの中に忍ばせて持っていた。そのおかげかどうかわからないが、その後、私は彼らから因縁をつけられることは一度もなかった。それどころか、廊下ですれ違っても何事もなかったように普通に通り過ぎていく。なんだかおかしかった。勝負はしてみるものだ。正直、殴られたのは多少痛かったが、殺されるのでなければ、勝負しなければならないこともあると思った。もっとも、三人の男性教員が助けてくれたからこんなことを言っていられるのだが。

縦につながった下級生の手下たちは、授業妨害を命令されてあちこちの教室を回っていた。ある日のことだった。私が授業をしていると四人組が後ろの方にこそっと入ってきた。教室の空気は一瞬、凍った。教室内にいる普通の生徒たちは、何度も妨害されている。教師が授業をしていてもおかまいなし。そして、座っている彼らに目で命令する。チョークを投げさせたり、ごみを床にばらまかせたり……。生徒たちはいやでも彼らに促されるよう言うことを聞くしかなかった……。

なぜか、それは教師が彼らの言いなりだったからである。教師もどう対処していいか……どうにもならなかったのであった。

そんなことをふっと頭に浮かべたときだった。教室の、右隅からふわ、ふわっと煙が上がった。タバコだ。彼らがタバコを吸って私をためしている。気持ちはひるんだ。でも行くしかないとも思った。覚悟した。つかつかつかつか、四人のところへ行く。

「あなたたち、何してんの、タバコなんかだめじゃん。」

取り囲まれていやな気分だったが言うしかなかった。タバコを取ろうとしてもみあった。タバコの火がセーターを焦がした。後ろから髪が焦げる臭いがした。彼らが二年生、一年生のときは一緒に授業を楽しんだこともあった。もし、彼らが恨みを持ってなければ髪を燃やすのは止まるはず、信頼という言葉にかけた。髪を焦がすのは途中で止まった。先っぽがちょっぴり焦げただけだった。

彼らに立ち向かったことで、彼らはひゅっと出ていった。教室にいた生徒たちも急に顔が明るくなり、柔和になった。

その後、彼らが私のいる教室に来ることは一度もなかった。安心して授業に集中できた。私だけでなく、もちろん生徒たちもである。そんな状態だったから、職員室は安心できるところではなかった。この事件以来、私は来たときと、帰るとき以外は職員室にいたことはない。授業のときは職員室に戻らず、授業の教室に行ってしまう。彼らは邪魔をしに私のいるところは来ないので、生徒たちのいる教室が一番、ほっとできる場所だった。

程度の差はあるものの人生、綱渡りのような場面はあるものだと思った。一番悔しかったことは、私が大人でしかも教員であったことだった。大人は子供に手を出せない。もし、中学生だったら、多少抵抗して、手か腕にかみついたり、ひっかいたりして手傷を負わせたかもしれない。彼らのような輩は意外にプライドがあるから、相手から抵抗されて手傷を負うことを嫌う。自分が子どもでなくてちょっと残念だった。

その後、彼らはその年の三月、卒業した。

卒業式のあと、報復があるかもしれないからその日は休めと言われたが、休まなかった。報復もなかった。

私は期限が三月だったので、何事もなく無事に勤め終えることができた。ほっとした。家に着くと、思わず「万歳」と言ってしまった。

11　帰国前

ＧＰＵとの命のやりとり、技師とほらをふいて万事休す、工場長への抜擢、スターリンと乗った機関車などなど、中身の濃い体験とともにあっという間に二年半が過ぎた父。そんなときだった。捕虜が少しずつ帰国し始めている、という情報を耳にした。

「俺たちの隊はいつ帰れるのかなあ。」

「早く帰りたいなあ。」

誰もがみんな帰りたくてそわそわしていた。父もここでは大変優遇されてはいたが、それでも帰国したいという思いは強かった。しかし、驚くほどたくさんの人々が抑留されていたから一口に帰国といってもなかなか大変なことだった。父の話によると、帰国は個人ではなく隊ごとに動くということだったらしい。何を基準にしどのような条件があるのか、詳しいことはわからないが、とにかく順番があると言っていた。しかも、すっと帰国できるのではなく、第一、第二、第三と一定の場所で止められる。まるで関所のように。

　まず、抑留されたところから第一の場所に進む。そこで何日か過ごし、合格すると第二の場所へ、また、何日か過ごしたのち、第三まで進むことができる。ここでオッケーが出ると、ようやく日本行きの船に乗ることができるのだという。

　自分たちの隊もようやく帰れることになった。

「やっと、帰れる。一刻も早く帰りたい。」

　そう思いながら第一待機場所で待った。

　何日も、何日も、いつ、第二待機所へ進めるのか、帰ることだけを楽しみにしているのに一向に動きがない。それどころか、後から来た隊に次から次へと追い越されていく。

「どうなっているんだ。順番でいけばもう少しで次に進めるはずなのになぜ、俺たちの隊だけ、追い越されていくんだ。」

　疑問と、あせりで頭がいっぱい。だがそのうち動くだろうと、その後もがまんしていたが、待っても待ってもピクリとも動く気配すらなかった。いい加減、しびれが切れた。腹も立つ。待ちくたびれすぎて限界を超えた。

「何でこんなに待たにゃいかんのか。聞いてくる。」

父は立ち上がり、プリプリ怒りながら本部に聞きに行った。コンコン、とノックをし、中に入った。下を向いて何か事務仕事をしていた。人が来たことがわかると顔を上げた。厳しい目だった。

父は相手の目をしっかり見て言った。

「質問があります。私たちは第一待機所で、もう数日以上過ごしています。しかし、いっこうに動く気配がありません。しかも、後から来た隊がどんどん進んでいきます。自分たちはなぜ、こんなにも留め置かれるのですか。」

「お前はどこの隊だ。」と聞かれたので、

「はい、87中隊です。」

と答えた。すると眉にしわをよせ、複雑な表情で、

「う～ん、87中隊か……。お前たちの隊は、当分……帰れない。」

と言われてしまった。血相を変えた父はつい声を荒げて、

「どうしてだ。」と聞き返した。

「お前たちの隊は中隊長の指導がよくないため、×が二つもある。こんなにいい加減では、帰るどころか奥地へ送り返しかもしれんぞ。」

と脅されてしまった。そう言われて慌て動転してしまった。さすがの父も少々あせりながら、しかし気を取り直して、

「じゃあ、どうしたら帰れるんだ。」

と聞いた。

「そうだなあ。……考えながら、中隊長が変われば帰れる可能性がある。」

と答えた。


私は帰れない理由、×について何度か父に、

「ねえ、×って何。いけない理由ってどういうこと。しかも中隊長が変われば帰れるって何かいけない理由は中隊長さんの行動に関係があるの?」

と、再三再四時間を置き、年数を置いて尋ねてみたが、いつもはぐらかされて、結局、答えることなく、墓場まで持っていってしまった。他の親しい人たちにもロシアの話はよく語っていたが、×の理由だけは誰にも話していなかった。父がここまで口をつぐんでいるのは中隊長さんのメンツに関わることなのだろう、と想像する。父は決して人の悪口を言う人ではなかったから、中隊長さんをこき下ろすようなまねはできなかったのだと思う。

事務所で話をし帰る方法を聞いた父は、急いで隊に帰った。そして、みんなの前でいきなり言った。

「中隊長が変われば帰れる。だから、俺を中隊長にしてくれ。」

場はし～んと静まり返り、ボンドでくっついたように動かない。周りの人々は一瞬、唖然としていたが落ち着きを取り戻すと、互いに顔を見合わせながらガヤガヤしている。

「あいつ、何言ってるんだ。ばかなこと言ってるよなあ。」とでも言いたげだった。

父に助けてもらった人や父の数々の行動を知っている人はひょっとしたら、「いいよ。」と言ってくれるかもしれない。しかし、全く知らない人もたくさんいる。父が掛け合いに行き、ロシアのお偉いさんがそう言ったといっても、にわかに信じられない人が多いのは当然だ。しかも目の前に立っているのは二等兵、どこの誰なのかもわからない。そんな奴がいきなり「中隊長を変えれば日本に帰れる。」、とほざいても信じるはずがない。このときの父は一刻も早く日本に帰りたいという思いだけが強く、あせっていたに違いない。普段ならどうすればよいか策を練り、冷静に対処するのに……。

今回は策など何も考えず、いきなり、「じゃあ、選挙をする。俺を中隊長にしてくれる人は投票してくれ。」と言ったが早いか、選挙を始めてしまった。あまりにも無謀だった。

どんな選挙もまずは選挙運動を行ない、自分がどんな人物でどんな考えを持ち、どんなことをやろうとしているかをアピールし、みんなに訴え、方針や人柄などを理解してもらい、自分を知る人にも応援要請をし、その上で選挙、という手順を踏まなければならなかったのであるが……。あせるあまり下準備をせず、手順を踏まなかった父は見事、惨敗。……当然の結果だった。

人物もわからない、階級も二等兵、例の大きな事件も知らない。ロシア語堪能という事実も知らないという、ないないづくし。ましてやこの時代は上の命令は絶対と洗脳されている。競馬でいえば、中隊長は本命、父は穴馬、よほどの冒険家かバカでなければ安全策を取るのが当たり前だ。

さすがの父も愕然とした。が、ようやく自分の無謀さにも気づいた。……その後、冷静になり頭を冷やし、深呼吸をして目を閉じ、一日、対策を練った。どうしたら、中隊長になれるか。みんなに納得してもらうにはどんな言葉を選べばよいか。などなど。

何が何でも帰国したかった父は、今の自分のこの熱意を何とかみんなに伝えたいと考えたようだ。

次の日、またみんなの前に立った。厳かにみんなを見回し、静かに真剣に。このときのみんなの顔は前日と違っていたらしい。

前日は、「あいつ、俺らをちゃかしているのか。二等兵のくせにアホか。ロシアのお偉いさんを動かす力なんかあるのか、本当に。」などなど、と思っているのが表情にありありと出ていた。

しかし、一日経つと、様子が変わった。目の前の父の熱意を、直に感じた人も大勢いたようだ。あるいは、あまりに突飛な行動をしたので「あいつ、どういう奴だ。」と疑問を持ち、知っている人から情報をもらった人々も多かったかもしれない。

情報は得てして一人歩きをする。じゃがいも事件、流暢なロシア語、日本の技師、スターリンと機関車乗車、さまざまなロシアでの功績は人から人へ伝わるうちにどんどんふくらんでいく。おそらく、一晩のうちに驚くほどの噂となって広がったに違いない。

堂々と威厳をもって、父は言った。

「みんな、真剣に聞いてくれ。見ての通り俺はしがない二等兵だ。階級はへっぽこ。そんな俺がなぜ中隊長に立候補し、なんとしてもみんなに一票入れてもらいたいか、説明する。ロシアに来てから帰国するのに、何年かかるかわからん。ひょっとしたら最悪、帰れんかもしれん。ということを想定して俺はロシア語を覚えた。この第一待機所まで来ているのになかなか次に進めない。それどころか、次々と後から来た隊に抜かされていく。だから、俺は聞きに行ってきた。ロシアのお偉いさんは言ったんだ。お前たちの隊は×が二つもある。このままでは帰るどころか奥地に逆戻りだと。」

『逆戻り』という言葉にみんなの反応はすごい勢いだった。ざわめきがなかなか治まらなかった。困惑した奴らもいた。静かになるのを待ち、もう一度、周りを見回してからおもむろに話を続けた。

「それで、俺は聞いたんだ。じゃあ、帰るためにはどうしたらいいのか、と。」

空気が止まった。みんなの目は父に集中した。食い入るように耳を傾けた。

「そのとき、彼は言ったんだ。中隊長が変われば帰れるってな。だから、俺はこうやって立候補した。もし、俺を選んでくれたら必ず、交渉して、日本に帰るようにする。約束する。俺は日本に帰りたい。頼むから中隊長にしてくれ。」

「もう一度、奥地に逆戻りしてもいい奴は中隊長についていけばいい。絶対に日本に帰りたい奴は俺に一票入れてくれ。頼む。そして今回の投票は記名投票にしてほしい。」

まさに、背水の陣だ。懇願するように演説した。父の賭けだった。でも、心の中では中隊長になるまで選挙をやり続ける覚悟もしていたらしい。

今度はみんなに状況を説明し、自分のことも話し、理解を求めた。選挙演説は終わり、いよいよ、みんなの投票が始まった。父はもちろん、みんなもかなり真剣な表情だった。中隊長は……父に文句も言わず、こんな二等兵ごときに負けるわけがないと、余裕の表情だ。それにしても父に文句の一つも言ってこないのは自分の何が原因で×なのかを知っていたからかもしれない。中隊長だって早く日本に帰りたい思いはあるだろうし。まして、自分のせいで奥地に送り返されたらいやに決まっている。だから、身分は上でも何も言わなかったのだろう。

投票が終わり、いよいよ開票となった。

本多、中隊長、中隊長、中隊長、本多、中隊長、最初はやはり、中隊長の票が多かった。当たり前だ。父がいくら熱弁をふるっても上の人は偉い、という凝り固まった考えから抜け出せない人は多いのだから。

開票も中盤、かなりの差で父は負けていた。

さすがの父も諦めかけていた。

「今回、負けてもまたやればいい。」

すでに次のことも考えていたらしい。

ところが、本多、本多、中隊長、本多、本多……。本多の票がどんどん増えていく。

「んん……。」

中隊長を追いかける。あっ、並んだ。おっ、中隊長を追い越した。な、なんと、中盤、本多票がかなり集まり、とうとう、中隊長を追い越したのだ。

「嬉しかったなあ、こんな二等兵でも真剣に話を聞いてくれて信用しようと思ってくれてる人が、こんなにいることが本当に嬉しかった。」

と父は言った。

いよいよ終盤。ここで勝敗を決する。父が勝たなければ、日本には帰れない。下手をすると送り返されてしまう。

中隊長、本多、中隊長、本多……どちらも票を譲らない。票もあと、数えるほどになった……。

本多、本多、中隊長、本多。

父の演説が心を打ったのか、噂が功を奏したのか、それはわからない。わかっているのはとにかく、周りの人々が『上の命令は絶対』というこの時代のトラウマを打破したことだ。

……父は、とうとう中隊長になった。中隊長になった瞬間、父はみんなに言った。

「みんな、俺に投票してくれてありがとう。信頼してくれてありがとう。俺は今から約束通り、日本に帰るために交渉に行ってくる。」と力強く言い残して、その足で交渉に出かけた。

ロシアのお偉いさんがいる部屋の前に立ち、ノックした。部屋に通された。相変わらず、彼は事務に追われ、下を向いている。書類に目を通し、何か書いている。ペンを置くまで黙って待った。何分ほど待ったか。ようやく彼はペンを置き、おもむろにこちらを見て、聞いた。

「何か用か。」

「はい、先日、あなたは87部隊は×が二つある。中隊長が変われば日本に帰れると言われました。そこで、私はあなたのおっしゃったことを隊のみんなに伝えました。そして、中隊長を変えることを提案し、選挙の結果、私が中隊長になったので、お願いに来ました。」

と話した。彼は大変、驚いた。おそらく、一介の二等兵が選挙などやるなんて思ってもみなかったのだろう。それが、選挙を行ない、下克上をやってのける。しかも、交渉の内容も筋道を通し、理路整然としている。もちろん父のことも情報を得ていたのかもしれない。話はスムーズに進み、水不足の隊員に水の確保を約束させ、自分たちは労働に励むことを約束した。交渉したことを早くみんなに知らせたかった。

「みんな、よく聞いてくれ。今、話をしてきた。この待機所にいる間、言われた労働を一生懸命行ない、評価が上がれば、日本に帰すと言われた。帰るためにはとにかく、頑張って働くしかない。みんなで頑張ろう。」

と言った。

「今の話、間違いないだろうな。しっかり働けば、帰れるよな。」

と念を押された。

「もちろん。」

はっきり返答した。

周りからワーッという歓声が上がった。みんなほっとした安堵感に包まれていた。部屋の片隅で元中隊長も薄く笑っていた。嬉しそうだった。

みんな、ものもいわずに懸命に働いた。成果はうなぎのぼり、真剣になるとこんなにやれるのか、と驚くほどだ。

87部隊は熱心な労働の結果、評価が上がり、第二待機所を一足飛びに通過し、第三待機所に進んだ。第三待機所には日本に向かう船を待つ多くの隊が順番を待っていた。とにかく、ここまでくればもう一息、少しくらい日にちがかかっても第一待機所で帰れるか、帰れないかでひやひやしたことを思えば何てことはない、と思う奴らは随分多かった。みんなの、あの、ほっとした表情は忘れられない。

ここでも、奇跡が起こった。なぜかはわからない。たくさんの隊を尻目に父たちの隊が呼ばれ、なんと、日本行きの船に乗れることになったのだ。嬉しかった。びっくりした。うそではないかと頬をつねってみた。痛かった。うそじゃないと確信した。

「船に乗れ。」

と促されて87部隊は乗った。ぎゅうづめだった。ぎゅうづめでもいい。船に乗れば日本に帰れる。帰れることが今の自分たちには一番嬉しいことなのだから。汽笛が鳴った。岸から離れた。いよいよ帰れる。実感した瞬間だった。

第三待機所にいたときだった。ロシアの幹部から呼び出しがあった。なんだろう、と思って出かけた。上官が話し出した。

「お前がクラスノヤルスクの収容所でどんな活躍をしたか聞いた。そしてまた、今回、87部隊を日本に帰れるようにみんなの前で話をし、努力したことも聞いた。何より、私のところまで直接交渉にくる度胸のよさも知ることができた。どうだ、この国に残って働く気はないか。身分も保証する。もちろん、暮らしもだ。日本に帰って一から出直しというのも大変じゃないか。ぜひ、残ってほしい。」と懇願された。

父の思いと行動はこうだ。この上なくいい条件だ。魅かれないといえばうそになる。俺は、ねこの尾っぽ（一番末っ子、の意味）、家に帰ったところで貧乏百姓じゃ金も稼げない。無一文にも関わらず、世話にはなれないから独立するしかない……。

でも、母親には会いたい。俺が生まれて間もなく父親は他界してしまった。だから幼すぎた俺には父親のことはほとんど覚えがない。暮らしは楽ではなく、一番上の兄に養ってもらっていた。

この時代は母より長男の権力が強かったから母親も長男に遠慮しながらの生活だった。だから、内職などをして稼いだ。わずかな金で俺を支えてくれた。兄の目を盗んでは時々ものを買ってくれたり、夜中に内緒で勉強をしているときなどは、「風邪、引かんようにな。」と小声で声をかけ、はんてんを着せてくれた。こんな思いやりのある母を捨てることはできない。日本に帰って少しでも孝行したい、と思った。

誘いは一度や二度ではなかった。かなり、何度も勧誘されたが心は決まっていた。

「母のために日本へ帰る。」だった。

ロシアの上官には、

「国に年老いた母一人を残しています。戦争のために、母は一人になってしまいました。親を残して自分だけ幸せになることはできません。お誘いは本当にありがたいのですが、母のために私は帰ります。」

ときっぱり言った。もちろん、うそだった。だが、うそも方便。相手にいやな思いをさせないためのうそなら仕方ないと考えた。

俺の親に対する思いを信じたロシアの上官はとても残念がっていたが、

「親は大切ですね。あなたの思いやりをまたここで知ることができた。あなたのような人を残すことができないのは本当に残念ですが、仕方ありません。お母さんを大事にしてあげてください。」

と言い、日本に帰るのを承諾してくれた。なんとか、納得してもらえてよかった。

ようやく隊に戻ることができた。

12 帰国

船の中は人だらけで息をするのも大変な状態。横になるところなどとても見つからない。でも、辛くなかった。(これで日本に帰れるんだ。)と思うとどんなこともがまんできた。

もうすぐ舞鶴港に着くというとき、船内のどこからか、『帰り船』が流れてきた。わけもなく胸が熱くなった。

「もうすぐ、日本に着く。」

そう思っただけで嬉しかった。この歌は終生忘れることのない思い出となった。

昭和二十二年五月十二日、ようやく日本、舞鶴港に到着した。

舞鶴港とはいっても、大きな船が接岸するところがないため、まず沖に停泊。そこから小舟に移り、一団体ごとに港に着くことができる。港に着くと洗礼を受けたのは、まず頭のてっぺんから足の先まで、白い臭い消毒を思い切りかけられる。

満足に風呂に入って清潔にできるわけではない環境だったから、不潔極まりない。南京虫、ダニ、のみ、その他、色々なばい菌にまみれていたに違いない。今のように清潔が当たり前ではないのはもちろん、とにかく生きて帰るのが精いっぱいの状態の者たちにとって衛生は二の次であった。

岸壁にはそれぞれの県名が書かれた札を持った人々が、声を大にして出迎えてくれていた。港には家族が来るもの、友達がいるもの、などなど、復員兵たちも含めてごったがえしていた。船から降り、愛知県の札のところへ向かおうとしたときだった。父は、アメリカの進駐軍のMPに別室へ来るように言われてしまった。

一介の二等兵がなぜ、中隊長になれたのか。その昇進の経緯、また、ロシアで優遇されていたため共産党員なのでは、という疑惑をもたれ、なかなか厳しい尋問を受けてしまった。とはいえ、後ろめたいところなどみじんもなかったため、実に堂々と、臆することなく応対した。どんなに手厳しい待遇を受けてもそれ以上苦しい体験をした父にとってみれば、辛くはなかった。日本にいることの方が何倍も嬉しかったし、あと、少しで解放されるという思いは大きな支えになっていた。進駐軍のMPも父の態度を見て疑惑は解けたらしい。なんとか、解放してくれた。

やっと、喜びをかみしめることができた。本当に心の底から、嬉しかった。父は言う。

「だけどなあ、あのときは本当に必死だった。本気で日本に帰りたいと思った。今、考えたらとんでもないことをしとったなあ。一介の二等兵が隊をひっくり返して中隊長になってしまうなんて。当時としてはありえんかった。まあ、だから、アメリカさんに疑われるのも無理はないよなあ。」


舞鶴港から、仲間たちはそれぞれ別れを惜しみながら、そして再会できることを誓い、楽しみにしながら自分たちの故郷へと帰っていった。

その後、落ち着いてから隊の仲間たちから礼状が山のように届いた。見る度に驚かされた。〇〇会社社長、〇〇大学教授、〇〇会社技術部長などなど。

「ええ、こんな有名な会社。」

「はあ、こんな立派な大学の先生。」

「こんなにすごい奴らがいっぱいおったのか。」

あらためて、父はびっくりしたらしい。

ではなぜ、彼らはシベリアにいるとき、自分たちの経歴や身分の明かさなかったのか。

父の話によると、技術者、大学の教授というような身分がわかってしまうとロシアに留め置かれてしまう可能性が高く、日本に戻りたいために口をつぐんでいたに違いない、というのだ。確かにそうかもしれない。たまたま父はそんな身分ではなかったので、伸び伸びふるまえたのかもしれない。

仲間たちの礼状は本当に感謝のこもった温かいものだったそうだ。

「で、その礼状、今あるの？」

と聞いてみた。即答で返事がきた。

「ない。」

「ええっ。なんで。」

びっくりして聞いた。そんなに温かくて大切な礼状が一つもないなんて、どういうこと、とさえ思った。

「実はなあ。伊勢湾台風のとき、ぜーんぶ流れた。」

納得の一言だった。

当時、父を含めた私たち家族は三河湾の海沿いに家を借りて住んでいた。あの、伊勢湾台風で、家財はすべて流されたと母からも聞いたことがある。当時六歳の私にはなぜかあまり記憶がない。「伊勢湾台風六十年」と銘打って新聞にも毎日のように当時の惨事が掲載されているというのに、私にはほとんど記憶がない。たぶんひどくなる前に命からがら逃げ出したのだろう。と思っている。

どんな様子だったのか聞きたくても、昨年、今年と立て続けに亡くなった両親にはもう、聞くことは叶わない。


苦楽を共にした、仲間という存在は絆がとても深く、何度も戦友会を開いている。蒲郡で開催するときはもちろん、父が中心となって動いた。

例の谷内さんも東京からよく家を訪ねてきた。私も二、三度、お会いした。

「お父ちゃん、谷内さんってどんなお仕事してるの。」

「何でそんなこと、聞くんだ。」

「だってさ、なんか上品だよね。」

「そうだなあ、俺と違ってな。はっはっは。」父は大笑いだった。

にこやかで、しゃべり方はていねいで、ゆったりしたものいい……。どこかの大学の先生みたい。そんな印象だった。

父の話で、このとき初めて、父の窮地を救ってくれた人だったことを知った。父も後になって知ったことだが、谷内さんは東工大を出てある会社の立派な技術者だったらしい。どうりで難しい数学をさらっと解き、機械のことも詳しかったはずだ。

当時父にいろいろなアドバイスをして随分助けてくれたのに、決して威張らず優しかった。その人柄通り、家に来ても大変奥ゆかしい人で、父と話をしていても決して自慢することなどなかった。

13　帰国後

父は帰国後、しばらくは勤め人だったが、意を決して、小さな鉄工所を始める。家なし、土地なし、金もなし。ないないづくしだったが、ありがたいことにバックアップしてくれる人がいたので、なんとか、商売を始めることができた。中小零細企業だったから随分厳しかった。親会社との交渉事もなかなか大変だった。

ないないづくしで始めた商売だったから、工場とはいっても家の隣に急ごしらえで建てた掘っ立て小屋に近いものだった。屋根はトタン。機械も古い旋盤とプレス機械が二、三台、畳十枚ほどの手狭なものだった。従業員も三ちゃんならぬ父ちゃん、母ちゃんの二人きりだった。昭和三十四年のことだった。

現代とは違い、日本全国が戦後復興をめざし、頑張り始めていた時代、日本中あちこちが破壊された状態からなんとか、立て直しをと、それこそ、朝夕寝食を忘れて、仕事に励んでいた。そのため、こんな小さな工場でさえも多忙となり、悲鳴が上がるほどだった。二人だけではとても仕事が回らず、誰でもいいから仕事ができそうな人間を探すしかなかった。そこで父は、あちこち暇そうな人間を物色していた。ある日、昼間っからパチンコ屋出口でたむろしていた若者を見つけた。いかにもチンピラ風で仕事なんてやるとはとても思えない様子だった。そんな若者を二人、父は強制的にスカウトして仕事をこなした。彼らがなぜおとなしく仕事をやる気になったのかは、今となっては聞くことができない。

家で仕事をしているその若者たちは、意外にもおとなしくまじめにやっていた。どうしてかはわからないが、父が相撲をやっていたのと、シベリアで度胸に箔がついていて、襲うすきがなかったからかもしれない。家の隣だから否応なしに私もチョロチョロ工場に出入りしていたが、こわいとかいやだ、ということは一度も感じたことがなかった。にこにこして話しかけてくれたり、優しいお兄さん、というイメージだった。

その後、ブラザー工業の仕事も受注しだし、ますます多忙化していった。

ブラザー工業についてはちょっとしたエピソードがある。

ある日、ブラザー工業の社長さんと話す機会があったそうだ。こっちはしがない下

力士と一緒にご満悦の父

請け、あちらは小さな頃からお坊ちゃんで、最初に顔を合わせたときは高飛車で、物言いもあまり気分のいいものではなかったらしい。

そこで父は、

「あんた、そうやって威張っているけど、社長の立場だから周りは思ったことも言えず、ペコペコしてるんだよ。自分に力があるからなんて思い上がっていると、今はよくても会社なんてすぐにつぶれてしまうよ。第一、ミシン一筋でこれからもやっていけるなんて思ったら大間違いだ。」

と、言いたいことを言ったらしい。

社長さんはあまりの無礼さに頭から湯気が出ていた、と父は表現していた。侃々諤々《かんかんがくがく》、多くのやり取りになったらしい。その結末は……社長さんが、

「私に向かって思ったことをこんなにズバズバ言ってくれたのは、本多さん、あんたが初めてだ。ぜひ、友達になってくれ。」

と言い、以来、亡くなるまで親交は続いた。父より一足先に亡くなってしまったが、父の葬儀、母の葬儀には奥様が家まで足を運んで下さり、仏壇を拝んでくださった（父たちの葬儀は引退後のこともあり、家族葬のため葬儀の知らせはしなかった）。本当にありがたかった。

家康が三浦按針の正直さを見抜いて家来に登用したのと同じでおべんちゃらを言わず、真剣に諭した父のことを認めてくださった社長さんは素敵、とさえ思った。人を見抜く目は大切だと思う。父は認められたのだ、と思うとなんだか嬉しかった。

抑留者がようやく帰国できるという話と重なる思い出がある。「中隊長が変われば日本に帰れる。」ということを聞き、何度もチャレンジしてようやく舞鶴に帰ったという苦労話は私の苦い体験と共通していると感じた。

私は教員を目指し、大学四年のとき採用試験を受けた。当時は一次試験が学科、二次試験は面接であった。学科で落ちるのは勉強不足で諦めがつく。私の場合、自分自身、教員に向いていると自負していたので一次さえ通れば大丈夫と高をくっていた。その油断がいけなかったのか落ちてしまった。悔しかった。二次の面接で落ちる……私には教員の資質がないということか。……悩んだ。資質がないならそれはそれで諦めがつく。でも、そうでないなら……悔しくて悔しくて、自分の人格を否定されたような気がしてこのときばかりは真剣に自殺を考えた。しかし、思いとどまれたのはここまで育ててくれた父母の温かさだった。ここで私が命を絶ったら親不孝になってしまう。一年間苦しみ、悩み、結論を出した。

幸い、正教員になれなかったが、常勤の仕事をすることができた。

「よし、今から私は、教師としての資質があるかないか、挑戦しよう。」と考えたのだ。これは、私を見て「だめだ」と判定した方々への挑戦でもあった。

私が教師としてだめならば、先生方、生徒、その親たちから「ダメ先生」とレッテルを貼られてしまうだろうし、第一、講師の口は二度とかからないだろうと思った（当時は先生になりたい人も多く、講師といえどもなるのはなかなか大変だった）。

勉強し、採用試験にチャレンジすることは何度も考えた。しかし、二十六歳で嫁いだ私は家事、育児、仕事と三つもかかえていたため、自分の勉強時間を確保するのは諦めた。前門の虎、後門の狼、ではないが、子供を犠牲にして、自分本位で進めて、もし子供が寂しい思いをしたら、とか、猛勉強したため仕事がおろそかになったらそれでいいのか、など、いろいろな障害が頭を駆け巡った。たとえ、そこで受かったとしても、自分が本来やらなければならないことを放っておくのは本末転倒だと結論づけた。以来、とにかく、講師は続けようと思い三十年やり続けた。

毎年三月になると、憂鬱になった。なにしろ、講師の口が少なかったので（今年はあるかなあ。私の評価はどうかなあ）、次は〇〇中学校ですと言われるまで不安だった。

正教員になれる最後のチャンスが来たのは私が五十二歳のときだった。

時代も流れ、ベテラン教員と呼ばれる人々がごっそり抜ける年に遭遇した。世の中も難しい時代になり、せっかく教職の道に入っても続かない人や不祥事を起こして辞める人も多くなっていた。そんなときだった。常勤講師連続三年以上、校長推薦をもらえた人という条件で教員特別枠採用試験が受けられる。という話を聞いた。

当時、私はある中学校に勤務していた。職員朝礼の時間、校長先生が、

「教員特別枠……という試験がある。受験したい人は私のところへ来なさい。」

と発表した。私はたまたま、ぼんやりしていて内容は右から左へ耳を通過していた。

そんなとき、同僚の講師の先生が、

「明石さん、話聞いた?」

「ええ、なんですか。」

「なんですかじゃないよ。校長先生の話。あの条件に当てはまってるの、うちの学校には先生しかいないよ。行ってらっしゃいよ。」

と背中を押してくれたのだ。嬉しかった。

しかし、問題があった。年齢だ、規定は六十歳以下。しかし、もうすでに五十を過

ぎた。はたして大丈夫だろうか。でもまあ、聞くだけ聞いてみよう。決心して校長室に入った。

「失礼します。朝、講師特別枠の採用試験の話をされましたが、私にも資格があるのでしょうか。」

そう言うと、嬉しいことに校長先生が、

「来るのを待ってたよ。明石さん、是非受けなさい。推薦状はしっかり書くからね。」

とにこやかに返事をしてくれた。

その晩、家に着いてから主人に話した。

「私にとって最後のチャンス。子どもたちも独立したし、自分のために時間とっていいかな。」

主人も義母も賛成してくれた。嬉しかった。

次の日から勉強が始まった。仕事に支障をきたさないように、細心の注意を払ってコツコツ始めた。試験は専門学科と面接。本屋に行って問題集を選ぶ。自分が「やった。」とステップを高めていくためにやり切れるものを用意した。一冊終わると次、また、終わると次、というように完成を目指した。こんなに勉強するのは大学四年の採用試験以来だ。受験生に戻った気がした。長年使っていなかった機械を突然使い出したような感じだったので大変だった。やる度に頭の中でボロッボロッと鉄さびが落ちるような感覚だった。こんな体験、初めてだった。

八月、緊張しながら試験に向かった。無事筆記試験が終わった。二日目は集団面接と個人面接、経験はあるので集団面接はスムーズに終えた。内心それでもどきどきしていたが……。

個人面接のときだった。面接官の先生が、

「三十年も講師を続けられてきたんですね。一度もブランクがなかったんですね。すごいですね。」

と言われた。にこやかで親しげな方だった。内容は講師時代のことが多かった。打ち解けた感じで面接を受けていたため、緊張せずにいられたのはありがたかった。なごやかに、さわやかな気持ちで試験を終えることができた。あとは、教育委員会に委ねるだけだった。結果は……気にかかっていたが、前に落ちているため、だめで元々、と開き直っていた。落ちたら最後まで講師を続ければいい、と覚悟していた。

……結果は、合格。晴れて正教員になれた。長かった。でも、初志貫徹。

正教員は八年間だったが、仕事に就いて以来、四十年以上教師という仕事を続けることができた。二十三歳のとき、面接で落とされた。私に教師としての資質があったかなかったか、と挑戦してきたが、振り返ってみると、私は適職だったと思っている。

三十年かかったが、正教員になれたことは本当にありがたいと感謝している。最後に見る目のある面接官と巡り合えて幸せだった。一生懸命頑張っていれば、必ず、誰かが見てくれていると信じることができる出来事だった。

父は独り身だったので「日本に帰りたい」という願望だけを目標にチャンスを作り出し、がんがんチャレンジできた。

私の場合は独り身ではない分、時間も年月も費やし、じっとチャンスを待ち続け、目標を達成することができた。

父の話に限らず、多くの大変な経験を持った人の話や客観的に人生を教えてくれる本は、自分が解釈をアレンジすることで広がりを増していく。どんなことも前向きに考えることは幸福につながると思った。

14　再び舞鶴

私が実家へ行き玄関を開け、

「来たよ、おじいちゃん。」

ドアを開けると、家の応接間のソファーの南隅にどっかり腰を下ろし、父はタバコをふかして、

「よう、この年まで生きたなあ。ばあさん。」

にこにこしながら母に話しかける。

実家の父母は、そのとき九十を超える年になっていた。嫁ぎ先の義母も同じ。

私は町内に住んでいるので隣に弟夫婦が居るものの、時々顔を見せに行く。

それまで私ものんきで九十を超える親がいても「当たり前」と思って過ごしていた。

落ち着いて世間を見回すと、新聞やテレビなどでは介護で会社を辞めざるを得なく

なった人、認知症の親を抱えて悪戦苦闘している人、老老介護、独居老人などの問題を抱えている人が多いことに気づいてはっとする。

私は、とても恵まれているのだと。六十三歳を過ぎても、仕事をもたせてもらい、毎朝、七時には家を出る。洗濯物干し、家の掃除、夕飯の支度、なんと、今も九十歳を過ぎた義母にお願いをしている。

「やることが遅くなってねえ。早くやれんけど。」

と言いながら私たち夫婦の手助けをしてくれる。

実家の父はさすがに運転をしなくなったため、二週間に一度くらいの割でスーパーに連れて行く（普段、どうしても困ったときは弟が手助けをしているようだ）。

考えてみれば、双方の親の年齢なら私たちは介護に明け暮れていても文句は言えない。にもかかわらず、楽しく会話をはずませたり買い物に出かけて、食事もし、ほんの一時とはいえ、両親と過ごしている。こうしていられるのも、あとどのくらいだろう、と思うと少し切なくなる。けれど、両親のにこやかな顔を見られるのは嬉しいし、ありがたい。親孝行とはいえないけれど、できる限り喜ばせてあげたい。

父はいつも元気に動き回っている。とにかくじっとしている姿は、私が物心つく頃から見たことがない。

たぶん、この先もずっと……と思っていた。

「舞鶴に一回、行きたいなあ。」

実家に行くと、よく父がつぶやいていた。

「ええっ、お父さん、舞鶴に行ってないの？」

「おおっ、行ってないだ。」

「へえ、珍しいね。そんなに遠くないのね。」

そんなことを話したことがある。

父は車が好きで、旅行が好きだった。私が小学校四年生以降、毎年、お盆には車で旅行に出かけるのが恒例になっていた。大きくなってからは、

「今度はどっか行きたいとこあるか。」

と聞かれたことはあったが、ほとんどは、

「おい、行くぞ。」

と言って父がさっさと運転して出かけ、ようやく、「今回はここか。」と知ることが多かった。

名所、旧跡、知人のいるところ、自分の思い出の場所を訪ねていたように思う。私

が嫁いでからは、母と二人で、ちょくちょく出かけていたようだ。実家に行くと、

「おお、この前な、ちょっと出かけたから土産、買ってきたぞ。」

と言って、ポンっと渡されることも多かった。時々は我が家を訪れて、

「これ、食えよ。」

と言って、季節の果物や食物、土産などを持ってきてくれた。自分で決めてあんなにあちこち行く父なのになぜ、舞鶴は行ってなかったのか、なんだか、不思議な気がした。

亡くなる三、四年前から、

「いっぺん、舞鶴に行きたいなあ。」

とよく、言っていたのを覚えている。

平成二十八年二月、七十年ぶりに杉田氏が、父と何人かを連れて舞鶴を訪れてくれた。

「天伯さん、よっぽどなつかしかったみたいですね。」

と杉田氏は語っていた。

舞鶴では港だけでなく、舟に乗り換えて沖まで回ったそうだ。港について記念館に

入ったときは、一つ一つ、確かめるようにゆっくり見ていたと聞いた。昔の映像が映し出されていた場所ではそこに長い間たたずみ、終わるまで、真剣に見入っていたらしい。写真の中の帰国した若者たちが、県の名前を探しながら嬉しそうな笑顔をしているところをじいっと見ながら感慨にふけっていた、とも聞いた。

「すっごくなつかしかったみたいですね。とても満足されてて、僕も連れてきてあげて本当によかった、と嬉しくなりました。」

と杉田氏は語った。

「そういえば、天伯さん、

『俺が一番楽しかったのは、やっぱり捕虜になったときだったかなあ。確かに命を張って生きるか死ぬかの日々だったが、あれは俺の青春だったなあ。それに何千人の捕虜がおったが、あんな勝負を挑んで認めてもらえたのは、三千人おってもたぶん一人ぐらいだったからなあ。』

とつぶやいていましたよ。」と付け足した。

舞鶴から帰ったときだと思う。突然、電話がかかってきて、

「やあ、優子。土産があるからまた、時間のあるとき、家へ寄れよ。」

と父。私も勤めがあったため、寄れる日をチェックして実家に立ち寄った。

「やあ、この前、舞鶴に久しぶりに行ってなあ……。よかった。沖の方までなあ、舟に乗って連れてってもらってなあ、なつかしかったなあ。」

心の底から嬉しそうに、満足そうに語っていた父はとても輝いていた。土産はそっちのけだった。

一年後、「これが舞鶴に行ったときの写真です。」と杉田氏から見せてもらった。本当に嬉しそうで楽しそうな父がそこにいた。嬉しさがあふれていたのがよくわかった。

その後も、父はちょくちょく小旅行に出かけていたようだ。母は体力がなく、一緒には行けず、晩年はいつも留守番だった。

本当はシベリアにも行きたいと言っていた。私が退職したら、父と相談しながら、連れて旅行しよう、と計画したいと考えていた。

でも、それは残念ながら叶えることはできなかった。

父は元気な人だったので、死ぬまで人様に世話をかけないように、と毎日、一万歩歩くことを日課にしていた。

私が実家を訪ねると、必ず手帳を開いて、

「毎日、歩いとるんだぞ。」

と言っては嬉しそうに見せてくれた。

朝は五時に起床、夜は八時就寝。朝、昼、晩としっかり食事、他の時間は盆栽や草取り、母が歩いて買い物に行けないので電動自転車に乗ってあちこち走り回り、時には知人を訪ねて話をして過ごすのが楽しかったようだ。

九十四歳で電動自転車を乗り回して、市内中走っていた。時々、

「自転車だとなあ、雨の日は大変だぞ。」

なんて言っていた。慣れているせいもあってか、家から車で三十分もかかる場所でも、ものともせず草取りに通っていたようだ。

そんな時だった。

父は事故に遭い、私たちは突然の別れを迎えたのだった。

父は今、どうしているだろう。とふっと思うことがある。

「あっちでもなあ、暇はないぞ。盆栽の世話水やり、草取り、ほかにもなあ、いろんな奴らに会って話もせにゃ（しなくては）いかんしなあ。ばあさんはばあさんで相変わらずあそこへ連れてけ、次はこっちへ連れてけってうるさくてなあ、俺は大変だわ。がっはっは。」

「まあ、相変わらず、忙しく楽しくやっとるで、（やってるから）俺たちのことは心配せんでいいぞ。お前もなんとかやっとるで安心だ。いつも見とるでな。（見ているからな）」

って、にこにこしながら話しかける顔が浮かんでくる。

自分のことより、いつも私たちのことを気にかけている父であったから。

愛知県体育館の力士通用口へ向かう父

父のプロフィール

本多 勉（ほんだ つとむ）

大正13年（1924年）4月15日、本多家8人目の末っ子として出生。

昭和2年頃、父親亡くなる。

昭和6年、塩津尋常高等小学校入学。

昭和14年、名古屋大成製作所に入社、寄宿舎生活。のちの㈱竹浜製作所の竹内久夫氏や㈱コバテックの小林氏らと知り合う。

昭和19年、召集。

昭和20年、奉天の部隊に配属。終戦後、ソ連軍の管理下に入りシベリアへ連行。

昭和22年、復員。岡崎木管工業㈱工場に勤める。社長が相撲好きで工場内に土俵を作り、塩勇（しおいさみ）のしこ名で活躍。

昭和24年、竹内久夫氏が竹内鉄工所（のちに㈱竹浜製作所に変更）を創立したのを機に入社。

昭和26年、結婚。

昭和28年、長女優子誕生。

昭和32年、長男秀光誕生。

昭和34年、伊勢湾台風の被害を受け独立し天伯鉄工（のち㈱天伯に変更）を始める。

昭和38年、三谷水産高校非常勤講師として相撲指導。蒲郡中学の相撲部の指導。ブラザー工業の創始者と懇意になり、家族同様の付き合いとなる。

昭和40年、母親亡くなる。

平成30年（2018年）8月7日、死去。

著者プロフィール

明石 優子（あかし ゆうこ）

本多勉の長女。
昭和51年、椙山女学園大学文学部国文学科卒業。
中学校教員として60歳まで勤務。その後再任用で65歳まで勤めて退職。
現在は家事をしながら長年続けてきた書に没頭している。
人生を明るく強く楽しく生きるための座右の銘が二つある。
①「己を救う者は己なり」
②「塞翁が馬」
①は小学校6年の卒業時校長先生にいただいた。40年余り意味もわからずただ眺めるだけだったが自分なりに咀嚼し、人生の応援歌となった。（応援してくれたり智恵を貸してくれる人はいても最後に決断するのは自分である）
同じく②も人生を楽観的に考えられる大切な言葉となった。

今に見ていろ、僕だって

2020年7月15日　初版第1刷発行

著　者　明石 優子
発行者　瓜谷 綱延
発行所　株式会社文芸社
〒160-0022　東京都新宿区新宿1－10－1
電話　03-5369-3060（代表）
03-5369-2299（販売）

印　刷　株式会社文芸社
製本所　株式会社MOTOMURA

ISBN978-4-286-21741-3